Une note écrite à la main sur le titre d'un ex; double attribue ces fables à Pesselier. Si le recueil publié par Pesselier, en cette même année 1748, chez le libr. Grault, ne contient aucune de ces fables,

Il n'y a aucune raison d'attribuer l'ouvrage à Pesselier.

FABLES

NOUVELLES

MISES EN VERS.

Par M. * * * *

Le prix est de 24 sols.

A PARIS,

hez JACQUES CLOUSIER, Libraire, ruë S. Jacques,
à l'Ecu de France.

M. DCC. XLVIII.

Avec Approbation & Permission.

FABLES
NOUVELLES
MISES EN VERS.

FABLE PREMIERE.

L'Asne & les Chardons.

Esser Aliboron, Asne de son métier,
Des Asnes de son temps fut, dit-on,
    le premier,
En bonne mine aussi bien qu'en
    courage.
Voici ce qu'on en conte. Il étoit coutumier
    D'aller dans certain pâturage,
Où peu d'herbe croissoit, mais bien force chardons,
    Qui lui sembloient si beaux, si bons,
    Si friands que rien davantage.
Là, souvent, mon Docteur s'en donnoit comme
    trois,
    Se plaisant fort à cet ouvrage,

A ij

Bien qu'on l'en eût repris vingt fois.

Un jour surtout, plein de colére,

Le Maître du champ vint troubler sa bonne chére,

Suivi de ses Valets. Les cailloux de pleuvoir

Dru comme vrai grésil : c'étoit pitié de voir,

D'une part, les Manants frapper sur la bourique,

De l'autre, cas plaisant, de voir l'Asne Stoïque,

Malgré leurs assauts répétés,

Ne détaler qu'à pas comptés,

Arrachant maint Chardon, faisant toujours ripaille.

Tel Ajax, [car Ajax ici, vaille que vaille,

Peut être mis en jeu, sans qu'il en coute rien,]

Par le nombre accablé, ne sort de la bataille

Qu'aux dépens de plus d'un Troyen.

Le Baudet sortit donc ; mais, ajoute l'histoire,

A grand'peine vit-il les Manants éloignés,

Qu'il revint à la charge, & vous pouvez bien croire

Que chardons, à ce coup, ne furent épargnés.

Une telle persévérance

Dans un Baudet n'a rien qui me surprenne fort.

Sçavoir au demeurant s'il avoit si grand tort,

C'est un point de Jurisprudence

Que peut examiner quiconque a du loisir.

Pour moi j'ai du penchant à lui donner sa grace.

On a beau nous combattre, hélas ! quoi qu'on nous fasse,

Nous nous laissons toujours entraîner au plaisir.

FABLE II.
Le Tonneau vuide & la Tonne pleine.

AU vieux tems, que tout avoit bec,
        Que les chofes inanimées,
Sembloient pour difcourir avoir été formées,
        Et que le Fabulifte Grec,
        Ainfi que Meffer la Fontaine,
Faifoient dialoguer pot de terre & de fer,
        Un Tonneau, de large bedaine,
        Vuide de vin & rempli d'air,
        Dit un jour à modefte Tonne,
        De jus pleine jufqu'au goulot :
        D'où vient que fi haut je raifonne,
        Et que tu ne dis pas un mot ?
        Ecoute ceci, mon compere,
Mais, furtout, cher voifin, ne t'en mets en colere,
        Lui dit la Tonne, d'un ton doux :
        Tiens... les hommes font comme nous ;
        Sont-ils pleins ? ils fçavent fe taire,
        Et vuides ils jafent en foux.

FABLE III.
Le Chat & le Serin.

SAns relâche, autour d'une cage,
Rodoit un Chat avide de butin ;

Dans la cage étoit un Serin,
Qui charmoit tout le voisinage
Par la douceur de son ramage.
Le Chat, comme vous jugez bien,
De ses desseins ne laissoit rien
A soupçonner, & la maligne bête,
Plus elle avoit de noirceur dans la tête,
Et plus elle montroit d'innocence en ses jeux.
Le Maître & le Serin y furent pris tous deux.
J'ai la perle des Chats, disoit notre Bon-homme,
Je ne crois pas que de Paris à Rome
On en trouve un plus doux & plus accort ;
A s'y tromper il fait le mort,
Saute pour le Roi, pour la Reine,
Fait le boiteux d'une jambe qu'il traîne ;
A jurer, en effet, qu'il n'en a plus que trois :
Ce n'est pas tout ; avec ces tours adroits,
Il n'est point carnacier, mange ce qu'on lui
donne,
Mais rien de plus ; il ne vole personne.
N'ayez pas peur qu'il soit tenté
De gruger mon Serin, il est en sûreté ;
Mon Chat & lui vivent ensemble,
En bons amis qu'un même toit rassemble :
Mon Chat, au travers des barreaux,
Reçoit un coup de bec & rend un coup de patte,
Qui blesse bien moins qu'il ne flatte ;
Oh ! mon Chat aime les oiseaux !

Pendant ce beau difcours, notre homme ouvre la
    cage,
      Et tourne la tête un inftant,
      Sans redouter aucun outrage,
      Son Chat, en un feul coup de dent,
      Croque l'oifeau qu'il aimoit tant;
Pourtant ce Chat n'aimoit pas le carnage.

    Peres, Mamans, cette Fable eft pour vous;
Tous les Amans font Chats, redoutez le plus fage,
      Précipitez le mariage,
      Et fermez toujours les verroux.

FABLE IV.

Le Sapin & l'Arbriffeau.

UN Sapin, dont la cime aiguë
    Sembloit fe perdre dans la nuë.
De fes vaftes rameaux couvroit les environs;
C'étoit le Dieu des bois, c'étoit l'honneur des
    monts.
    Un Arbriffeau crut être fage
    De fouhaiter fon voifinage :
Chaque jour de ma vie, en but aux Aquilons,
    Difoit le petit perfonnage,
Je ne puis foutenir leur fouffle véhément :
Le Soleil irrité féche ma tendre ecorce,
           A iiij

Mon feuillage est trop clair, & je manque de force
 Contre ses traits ; je ferai prudemment
 De me mettre sous cet ombrage ;
Dans cet endroit paisible, à l'abri de l'orage,
 De jour en jour je deviendrai plus beau.
 Ainsi raisonnoit l'Arbrisseau ;
 Et tout d'un coup, avec étourderie,
 Il quitte la plaine fleurie,
Et se vient transplanter à l'ombre du Sapin.
D'abord il se trouva content de son destin ;
 Rien ne l'agite en cet azile ;
 Il ne sent ni vent ni chaleur ;
 Mais cet arbuste malhabile,
Ne voyoit point encor que c'étoit son malheur.
 Du fier Borée, au vol rapide,
 S'il ne craint plus le souffle rigoureux,
 Le doux Zephir aux soupirs amoureux,
Ne le caresse plus de son baiser humide,
Phœbus n'a contre lui que des traits impuissans,
 A son midi, quand il brûle le monde ;
Mais il ne ressent plus ses rayons bienfaisans,
 Lorsqu'il se leve, ou qu'il entre dans l'onde.
L'arbuste malheureux ne retire aucun fruit
Des larmes de l'Aurore & du frais de la nuit ;
Son support prétendu ne sert qu'à le détruire,
Et si Diane luit, & si l'air est serein,
 Ce n'est plus que pour le Sapin.

Son exemple nous peut inftruire :
Le voifinage d'un Seigneur
Fait rarement notre bonheur.

FABLE V.

L'Ourfe, la Guenon & le Hibou.

PAr cas fortuit, ou quelqu'autre avanture,
Une Ourfe, une Guenon, firent fociété ;
    Du moins on croit que la nature
    N'avoit pas figné le traité.
  Quoiqu'il en foit, l'un & l'autre ménage,
    Chaque mere ayant fes petits,
    S'établit en même logis ;
Il fervoit feul à tout leur tripotage.
L'Ourfe, à tous les inftans y léchoit fes Ourfons ;
La Guenon folâtroit avec fes nouriffons.
    L'Ourfe en rioit & ne pouvoit comprendre
Qu'on pût pour des magots avoir le cœur fi tendre.
    Dame Guenon comprenoit encor moins
La tendreffe de l'Ourfe. A quoi bon tant de foins,
Difoit - elle à part foi, pour une maffe informe ?
Un Ourfon eft un monftre, un animal énorme,
    Il eft fi laid qu'il en fait peur,
    Un tel objet fait mal au cœur ;
  Pour le lécher il faut être bien mere,
    Ou n'avoir pas beaucoup à faire.

Par malheur elle s'expliqua.

Qu'arriva - t - il ? Guenon n'eſt point diſcrette,
Non plus que femme n'eſt ſecrette.

L'Ourſe tout de bon s'en choqua,

Et ſur même ton repliqua.

Grand Procès, grand débat ; on met en paralelle
Les Ourſons, les magots ; & l'amour paternelle
Plaide, il faut voir ! Au bruit vient un Hibou,

Qui près de là gardoit ſon trou.

Ayant oui chaque partie,

A chacune il donne le tort.

Vous jugez toutes deux, dit - il, par ſympathie,

Je vais, pour vous mettre d'accord.

Vous chercher un mignon plus digne de tendreſſe,

C'eſt un bijou de mon eſpéce.

Auſſitôt il vole à ſon nid,

Avec amour en apporte un petit

Joli, Dieu ſçait, comme ſon pere,

Rechigné, comme une megére,

Et le montrant d'un air bouru,

Mais pourtant avec complaiſance :

Ourſe, Guenon, dit - il, jugez de mon engeance,
Un ſemblable poupon n'eſt pas un malotru,

L'Ourſe en penſa toute autre choſe,

Et la Guenon ne fut de même avis que lui.

Tous trois jugeoient fort bien dans la cauſe d'autrui,

Et fort mal en leur propre cauſe :

Apprenez de cette leçon

Que le cœur dupe la raiſon.

FABLE VI.

Le Chêne & l'Ormeau.

CErtain Chêne orgueilleux, qui se disoit cousin
Des nobles Chênes de Dodone,
Prit le ton imposant d'un Sultan sur son trône,
Pour tancer, en ces mots, un Ormeau son voisin :
Misérable avorton, arbre ignoble & débile,
Vois combien je te suis utile ;
Je te mets à couvert des vents & des frimats,
De l'orage & de la tempête ;
Tu fais pourtant si peu de cas
De mon attention à conserver ta tête,
Qu'à regret tu me rends l'hommage qui m'est dû,
Toi, qui, par ton exemple & ton zéle assidu,
Devois me procurer l'hommage
De tous les arbres du village :
Mais, parle, vil Ormeau, sans moi que serois-tu ?
Quelque chose moins qu'un fêtu.
L'Ormeau reprit, en son langage :
Votre protection me fait beaucoup d'honneur,
Mais il est pourtant vrai, Seigneur,
Que j'aurois, loin de vous, profité davantage ;
Vous m'offusquez par votre ombrage,
Et j'en suis presque enveloppé ;
Vos rameaux quelquefois jusqu'au vif m'ont frapé,

Et m'ont causé plus de dommage
Que n'auroient fait les vents, la tempête & l'orage.
Ainsi parla l'Ormeau. S'il eût été flateur,
　　Il eût béni sa servitude.
　　Vous devinez, ami Lecteur,
　　Qui fut taxé d'ingratitude ;
L'orgueil n'est pas content d'un pareil Orateur.
Quiconque est un ingrat n'auroit jamais dû naître.
　　Aux traits marqués de ce tableau,
　　Etre ingrat comme notre Ormeau,
　　Lecteur, tout de bon est - ce l'être ?

FABLE VII.

Le Pêcheur.

UN Pêcheur, sur les bords d'une rive profonde,
Qui, dans les eaux, â jeun, cherchoit un bon
　　repas,
L'autre jour préparoit aux habitans de l'onde,
Sous des mets imposteurs, un funeste trepas ;
Mais en vain : ce jour là, la nation muette
Voit le danger caché sous ces mets délicats,
　　Et fait une sage retraite ;
　　Le goujon même nemort pas .
Le Pêcheur se retire, & fuit des bords ingrats,
Tandis qu'à son logis bien triste il s'achemine,
Et que d'autres moyens en soi-même il rumine,

Il entend dans les airs un terrible fracas,
Une gruë avoit fait ce qu'il n'avoit pû faire;
Et sa troupe, comme elle, avide & sanguinaire,
Pour avoir son butin lui livroit des combats.

Notre pêcheur alloit, à coups de pierre,
Terminer bientôt cette guerre,
Quand à ses pieds, par un merveilleux cas,
Tombe un poisson, sujet des plus affreux débas.

Fortune, c'est là ton ouvrage :
Un pêcheur, quand tu veux, cherche en vain dans
les mers
Ce qui lui vient du haut des airs;
L'Inconstance est ton apanage,
Et le caprice te conduit :
Te plairas-tu toujours, Déesse trop volage,
A fuir qui te souhaite, à chercher qui te fuit?

FABLE VIII.

Le Verger & la Source.

DAns un verger simple & charmant,
Une source, toujours nouvelle,
Suivoit sa pente naturelle,
Et s'échapoit en coulant lentement.
Content d'un pareil héritage,
Un homme, vertueux & sage,
Voyoit couler ses heureux jours;
Atropos, sans tarder, en termina le cours.

Certain Seigneur du voisinage,
Après la mort du sage Citoyen,
S'empara de ce petit bien,
La chose est assez en usage,
Et renferma dans des canaux
De ce ruisseau les ondes trop pressées;
Qui, dans les airs fiérement élancées,
Formerent de brillans jets-d'eaux.
Vous me quittez, ruisseau perfide,
Dit le verger, voyant la source se tarir,
Vous cherchez l'agréable, & quittez le solide,
Je ne puis plus vous retenir:
Pour suivre une route nouvelle,
Et servir votre vanité,
Vous m'abandonnez, infidéle,
Et vendez votre liberté.
Telle est de l'homme l'injustice;
Il ne connoît de loix que son caprice,
Reprit la Source en gémissant;
Et loin de suivre, sans murmure,
Les simples loix de la nature,
Il les combat, en nous forçant
De suivre son cruel penchant.

FABLE IX.

Les Singes Comédiens.

D'Un autre on peut un tems jouer le personnage,
Mais on ne peut toujours cacher son vrai visage.
On conte, à ce propos, qu'un parent d'Anubis,
Chez les adorateurs des Rominagrobis,
Par des Singes faisoit jouer la Comédie;
　　　Et d'Egypte le peuple bis
　　　　Claquoit des mains & crioit bis,
　　　　Tant leur troupe étoit aplaudie.
On le dit, je le crois: la race des Bertrands
　　　　Fut toujours propre à singerie.
Un jour, certain gaillard, par simple passe-tems,
　　　　Sema force noix dans la salle;
　　Tout aussi-tôt, sur la route des noix
　　　　En mandille, en robe Royale,
Pêle-mêle, tout court, attrape, casse, avale;
Voilà tous les Acteurs démasqués à la fois.

FABLE X.

L'Etincelle.

UNe étincelle pétillante,
Admirant son éclat & son agilité,
Dans l'excès de sa vanité,

Se croyoit une Etoile errante ;
Mais au moment que son feu l'éblouit,
La pauvrette s'évanouit.

Ce récit a peu d'étendue ;
S'il instruit, il est assez long ;
Sur maintes gens il tombe à plomb.
Combien, dans leurs projets, se perdent dans la nue,
Et s'éclipsent au même instant ?
S'estimer trop est une erreur commune :
La moindre lueur de fortune
Fait d'un fat un homme important.

FABLE XI.

Le Singe, Héritier du Lion.

LA soif de l'or souvent démasque un politique :
Sous ce voile, grands Dieux ! que l'homme est dif-
férent !
D'être ami généreux tel hardiment se pique,
Qui n'est, mis au creuset, qu'un avide parent.
Mais, à ce propos véritable,
S'il faut un exemple ajouter.
Sur ce point, le Singe, en ma Fable
Ne laisse rien à souhaiter.
Seigneur Lion, au plus fort de son âge,
Avoit trois Châteaux à choisir,
Hôtel en ville, avec tel appanage

On

On peut varier son plaisir.
Item, chez lui table friande ;
Où l'on trouvoit tout à foison,
Mets exquis, gibier de saison,
Vins délicats, bonne provende ;
Au reste, point de successeur,
Foible ressource de la vie ;
Mais qui sert de frein à l'envie
Contre un paisible possesseur.
Enfin, parmi sa parentelle,
Un Singe étoit collatéral,
Singe amusant ; mais animal
Manquant quelquefois de cervelle ;
Je dis quelquefois seulement,
Car le matois jouoit son rolle
Pour l'ordinaire, habilement ,
Et manioit bien la parole.
Jamais, à l'entendre parler ,
A Plutus ne fit la courbette ;
Honneur & fortune complette
N'avoient rien qui pût l'ébranler.
Soins empressés, minauderies,
Caresses, jeux & singeries,
S'adressoient à son cher parent,
Et rien du tout à son argent.
Arriva pourtant le contraire
Un jour que le Seigneur Lion
Aux champs étoit, où nulle affaire

Ne l'attiroit que la belle saison.
Le Singe, en ville, entend à ses oreilles,
Par un frélon, ces trois mots bourdonner :
Lion est mort ! Singe de s'étonner ;
Bientôt après de s'écrier : merveilles!
    Ce coup flate trop ses désirs ;
    Pas un doute sur la nouvelle ;
    Il n'aperçoit que des plaisirs :
    Est-ce là cet ami fidéle ?

FABLE XII.

Les Enfans & les Grenouilles.

Certains enfans, troupe volage,
Troupe fuyant les importuns soucis,
    Un jour, au bord d'un marécage,
    Vinrent égayer leurs esprits :
    La malice qui, dès cet âge,
Est des humains l'ordinaire apanage,
D'un plaisir innocent ne connoît point le prix ;
Se divertir sans nuire est un plaisir trop fade.
Ainsi nos jeunes gars, après mainte gambade ;
    Maints sauts, maints tours, maints ricochets,
    Poussés sur la face des ondes,
    Voyant sortir de leurs grotes profondes
    Quelques habitans du marais,
Quittent tout pour courir sur ce peuple aqua-
        tique,

Et contre lui lancer mille & mille cailloux,

    Tant qu'euſſiez crû voir un *oſt* * en couroux

Combattre l'ennemi pour la cauſe publique.

    Tel eſt le jeu qui plaît à nos ruſtauts.

Sous leurs coups redoublés mainte grenouille ex-

    pire,

    Et les grimauts à chaque coup de rire;

L'une d'elles enfin bleſſée au fond des eaux,

    Prête à mourir ainſi s'exprime:

Enfans, qui n'écoutez qu'un folâtre tranſport,

Songez que ces ébats, dont je ſuis la victime,

S'ils ſont un jeu pour vous, pour moi ſont une

    mort.

   * Vieux mot qui ſignifie *Armée.*

FABLE XIII.

L'Acteur & l'Ecolier.

UN Ecolier avoit, dans un ſpectacle,

Goûté pardeſſus tout un Acteur renommé.

Qui ſe croyoit lui-même un prodige, un miracle,

S'eſtimant beaucoup plus qu'il n'étoit eſtimé.

    Notre jeune homme en étoit ſi charmé,

Qu'il donnoit à l'Acteur le mérite & la gloire

Des vers, des ſentimens, récités par mémoire;

En un mot, il croyoit l'hiſtrion un héros,

    C'étoit aſſurément bien croire;

                B ij

Voila comme toujours nous donnons dans le faux.
  Notre écolier opiniâtre
  Dans son erreur, dans ses désirs,
Epargne quelque tems sur ses menus plaisirs,
De quoi traiter un jour l'Acteur qu'il idolâtre.
Il l'invite à dîner : le monarque s'y rend,
  Mais qu'il fut trouvé différent !
  Soit qu'il raisonne, ou qu'il folâtre ;
Ce Roi n'avoit plus rien ni de fin, ni de grand,
  Il n'étoit plus sur son théâtre.
L'écolier en rougit... Combien est-il d'objets
  Qu'il ne faut jamais voir de près !
On riroit bien souvent de plus d'un personnage,
  Si l'on voyoit ses propres traits ;
Le masque heureusement est pris pour le visage.

FABLE XIV.

Le Serin & la Linote.

UN Serin jeune, beau, chantoit dans un boc-
  cage ;
  Les rossignols étoient jaloux
  De la douceur de son ramage :
  Malgré leur dépit & leur rage,
  Pour l'entendre, ils se taisoient tous.
  Il apperçut une linote,
  Dont l'air étoit vif, tendre & doux ;

Dans ce bois, lui dit-il, belle, que faites-vous ?
Je ne fais rien ; si je fçavois la note,
Que je chanterois tendrement !
Lui répondit, en foupirant, la belle,
Avec un défir fi charmant,
Repliqua le ferin, brûlant d'amour pour elle,
Que vous apprendrez promptement !
Si j'ofois vous prier que, fous ce verd feuillage,
Je vous donnaffe des leçons,
Bientôt vous charmeriez, par vos tendres chan-
fons,
Tous les oifeaux du voifinage.
Ah ! dit-elle, d'un ton flateur,
Sera-ce affez de ma reconnoiffance
Pour vous payer d'une telle faveur ?
C'eft là, je crois, la récompenfe
Que tout généreux bienfaiâeur
Doit efpérer de qui n'a que fon cœur.
Le Serin, gracieux & tendre,
Par fes foupirs lui fit comprendre
Qu'il fouhaitoit lui plaire feulement,
Qu'il ne vouloit d'autre paîment
Que le doux plaifir de l'entendre
Chanter mélodieufement.
L'accord fut fait dans le moment.
En peu de tems elle fçut la mufique ;
L'amour eft un maître charmant !
Quand à montrer ce Dieu s'aplique,
B iij

Que l'on s'inſtruit facilement !
D'abord que le Serin vit la jeune Linote
Se ſervir avec ſentiment
Des charmes flateurs de la note,
Vous chantez auſſi-bien que moi,
Lui dit-il, recevez ma foi,
C'eſt le prix que je veux d'avoir ſçu vous inſtruire.
La Linote ſe prit à rire :
Cet aveu, lui dit-elle, eſt tout-à-fait nouveau ;
Je vous croyois plus de cerveau ;
Grand merci de votre muſique,
Adieu, mon tendre cœur s'explique
En faveur d'un jeune moineau.
Aux champs, dans les cours, dans les villes ;
Tandis que nous ſommes utiles,
Nous ſommes toujours bien reçûs ;
Mais d'abord que notre préſence
Semble exiger quelque reconnoiſſance,
On nous fuit ; nous ne plaiſons plus.

FABLE XV.

L'Amour & l'Intérêt.

LE Dieu de l'intérêt & le Dieu de l'amour,
Chez certain uſurier ſe trouverent un jour ;
L'avanture étoit rare : un même domicil,
Par eux n'étoit pas habité ;

Chacun alloit de fon côté,

L'un au plaifir, l'autre à l'utile.

Voici, dit l'intérêt, un enfant bien nipé,

Beaux traits dorés, carquois d'ébene,

La dupe paroît bonne, & je fuis bien trompé,

Si je n'en tire quelque aubeine.

Veux-tu jouer, fils de Cypris?

Dit-il, j'ai des bijoux propres à ton ufage,

Pour de l'argent prêté je les reçus en gage,

Bracelets de cheveux, entourés de rubis,

Bagues de fentimens, qui couvrent un miftére;

C'eft un tréfor ! à qui le dites-vous?

Répond l'amour, je fçais le prix de ces bijoux,

Le tarif en eft à Cythere;

Çà, jouons; maffe un trait; *paroli*; maffe trois;

Va le refte de mon carquois.

Facilement amour fe pique.

Son joueur, habile narquois,

A bientôt rafflé la boutique.

L'enfant dévalifé s'envole dâns les bois

Cacher fa défaite & fes larmes:

Son empire eft foumis à de nouvelles loix;

L'intérêt regne feul, & difpofe des armes

Dont l'amour ufoit autrefois.

FABLE XVI.

Le Baudet & la Jument.

Certain baudet ambitieux,
Voulant établir sa nobleſſe,
Vint offrir ſes ſoins & ſes vœux
A Matrona, jument que l'on nommoit Ducheſſe.
    Mais ce n'étoit que par dériſion ;
        Il prit la réſolution
        De ſe marier avec elle :
        Femme, diſoit-il, d'un tel nom
        Va changer ma condition,
        Et diſtinguer ma parentelle :
        Je puis, faiſant ſouche nouvelle,
        Avoir mulets, au lieu d'ânons ;
        Caſque en viſiere & plume en tête ;
    Superbement ils leveront la crête,
        Feront grands bruits, grands carillons,
        Auront des charges dans l'armée !
        Cela dit, à ſa bien-aimée
    Fait de l'hymen la propoſition.
    Martin eſt bien reçu. Lors la concluſion
        Se fait ſans aucun intervale.
        Baudet épouſe la cavale,
        Ont enſemble petits mulets,
        Mulet aîné, mulets cadets,

Et tous aussi sots que leur pere,
Même encor plus vains que leur mere,
Ils étoient tous d'esprit quinteux,
Fort emportés, têtus, hargneux,
En trahison donnant ruades,
Faisant mille & mille incartades.
Mere & mulets n'avoient que du mépris
Pour le papa baudet, le meilleur des maris,
S'il veut décider d'une affaire,
Notre Duchesse le fait taire,
Lui disant : taisez-vous baudet,
Laissez parler mon fils mulet,
Vous raisonnez comme une bête.
Pauvre baudet baisse la tête,
Et maudit cent fois le moment
Qu'au lieu d'ânesse, il prit jument.
Repos vaut mieux qu'honneur & que fortune :
Que chacun prenne sa chacune.

FABLE XVII.

Le Lynx.

Certaine chronique rapporte,
Que dans une forêt pleine d'oiseaux divers,
Et d'animaux de toute sorte,
Jadis entra l'esprit pervers :

'Auſſitôt les larcins, les meurtres, le carnage,
Les trahiſons, le brigandage,
Y vinrent déployer leurs coupables fureurs.
La raiſon du plus fort emportoit la balance,
Le vice triomphoit ; la timide innocence
Perdoit ſes ſoupirs & ſes pleurs.
Sultan lion, dont l'ame généreuſe
Souffroit avec chagrin de pareils attentats,
Réſolut d'extirper du ſein de ſes Etats,
Cette licence dangereuſe.
Pour remplir un projet ſi beau,
Il ſe ſervit du miniſtere
D'un lynx, qui ſuivoit le flambeau
De l'équité la plus auſtere.
A ſon aſpect, les crimes confondus,
Chercherent en vain un azile ;
Sa vigilance, & ſes ſoins aſſidus
Rendirent la Forêt tranquile.
Le pigeon du vautour mépriſa la fureur,
Et l'innocent agneau vit le loup ſans terreur.
Un Magiſtrat prudent, éclairé, ſage,
Du ſiecle d'or ramene l'heureux âge.

FABLE XVIII.

La Métempsicose.

UN vieux singe étant mort, son ombre ca-
    lotine
Solicita l'époux de Proserpine,
    Pour revoir la clarté du jour.
    Le Roi du ténébreux séjour,
    Lui voulant ôter sa souplesse,
Sa malice surtout, & sa vivacité,
    Du corps d'un âne alloit la faire hôtesse,
    Ainsi l'avoit-il arrêté.
    Mais l'ombre, après quelques gambades,
    Et deux ou trois pantalonades,
    Dont le bon Pluton rit bien fort,
    Obtint du Dieu de se choisir un sort,
    Et lui demande, avec instance,
La faveur de passer au corps d'un péroquet.
    C'est, disoit-elle, mon paquet;
Car je pourai, du moins, dans cette résidence,
Conserver avec l'homme un peu de ressemblance
    On sçait qu'étant singe autrefois,
    J'imitois son air & son geste;
    Et jouant ici de mon reste,
    Je le copîrai de ma voix:
L'ame du singe à peine anime un verd plumage,

Qu'une vieille l'achette, & le met dans la cage.
    Bavard comme elle, il charmoit son ennui,
        Aux passans il chantoit leur game,
Causoit le long du jour avec la bonne femme,
Qui ne parloit jamais plus sensément que lui.
    Le sire en fit aisément la conquête.
A son nouveau talent d'étourdir le quartier,
Il joint je ne sçais quoi de son premier métier :
        En arlequin il remuoit la tête,
Faisoit craquer son bec, formoit différens sons ;
Il agitoit sa queue en cent & cent façons,
        Et jouoit les marionnettes.
        La vieille, mettant ses lunettes,
        Ne se lassoit de l'admirer,
Triste d'être un peu sourde, & souvent d'ignorer
    Ce qu'avoit dit son péroquet fertile.
        Au demeurant, suivant son stile,
        Le drole aimoit à siroter,
    La vieille aussi ; l'âge de radoter
        Est assez la saison de boire.
    L'une tient bon, l'autre s'en trouve mal.
    Notre emplumé, pour n'être assez frugal,
Se vit encor contraint de passer l'onde noire.
        Il reparut devant Pluton
        Qui, le privant de la parole,
Vouloit le renvoyer dans le corps d'une folle.
L'autre, craignant sur-tout de devenir poisson,
        Eut recours à son protocole,

Vous fit nouvelle capriole,
Joua la farce, & plut. On fçait que, quelquefois,
On peut faire rire les Rois.
Selon fon goût enfin le Dieu le fit renaître,
Et de l'homme lui donna l'être ;
Mais n'ofant pas en faire un mortel vertueux,
Un fage ; il le deftine au corps d'un petit maître,
D'un brouillon, d'un préfomptueux,
Portant la tête au vent, de foi-même idolâtre,
Importun, fanfaron, d'ennuyeux entretien,
Parlant beaucoup, ne difant rien,
Vrai perfonnage de théâtre,
Et quelquefois aussi perfonnage de Cour.
Mercure en cet état, le rencontrant un jour :
Je t'ai vû n'aguere au tenare,
S'écria-t'il, tu n'es qu'un compofé bizarre
Et du finge & du péroquet :
Grace à ton gefte, ainfi qu'à ton caquet
Ton ridicule fe confomme ;
D'un femblable mélange on ne fait qu'un fot
homme,
Et nul n'eft pris à cet appas.
Ainfi le Dieu traita la chofe.
O combien de gens ici-bas,
Doivent nous faire croire à la métempficofe !

FABLE XIX.

L'Amour & Pſiché.

P Siché, ſans connoître l'Amour,
Devint ſa moitié bienheureuſe;
Mais ſon ame, trop curieuſe,
Tenta de le connoître un jour.
Elle craignoit de voir un monſtre épouvantable.
A l'éclat d'une lampe avec étonnement,
Elle aperçoit un jeune homme charmant,
Qui goûtoit un repos aimable;
Sa main fait un vacillement,
Au doux aſpect d'un objet qui l'enchante;
D'une goute d'huile bouillante
Elle réveille ſon amant;
Qui pénétré de ſa douleur cuiſante,
S'envole dans le firmament:
Pſiché vainement le rappelle,
Il l'abandonne ſans retour.

Epouſes, ſur ce beau modèle,
Craignez dans vos maris d'épouvanter l'amour.
Vos défauts égalent les nôtres;
Ce n'eſt que par votre douceur,
Que vous parvenez au bonheur
De nous faire oublier les vôtres.

FABLE XX.

Le Renard & l'Asne.

Dans le pays de sapience
Certain Renard étoit le Sénéchal;
Martin Baudet, parlant par révérence,
En étoit Procureur Fiscal.
Le premier possédoit maint tour de gibeciére,
De feu Maître Gonin il tiroit son estoc;
Et quand Janot Lapin plaidoit contre son frere,
L'un perdoit son Procès, l'autre restoit au croc.
Dame Poule, plaidant devant Seigneur Renard,
Le fin matois plumoit sa cliente à merveilles,
Martin, en bon Docteur, secouant les oreilles,
Toujours avec trois dez concluoit au hazard.
Le malheur fut encore que de cette Justice,
Pour faire un bon trio, le Chat fut le Greffier;
Et la griffe de ce dernier,
Des cliens échappés, escroquoit aîle ou cuisse.
L'ordre si mal exécuté,
Rendit les maux d'autant plus incroyables,
Que ces monstres impitoyables
Se flatoient de l'impunité.
C'est ainsi que, souvent, tous les hommes décident,
La partialité guide leurs sentimens.
Défions-nous des Jugemens
Où l'ignorance & l'intérêt président.

FABLE XXI.

Lycoris & le Moucheron.

SOus un ombrge frais, Lycoris, en lisant,
Surprife l'autre jour d'un fommeil féduifant,
Dormoit fur un gazon décemment étenduë :
Tout fembloir, par refpect, fe taire dans ces lieux.
Un feul ruiffeau voifin, de fon bruit gracieux,
  Mais moins fort, y berçoit la belle,
Quand un fin Moucheron, butinant autour d'elle,
Se place fur fa bouche, attiré par l'odeur
Et le corail que donne une naiffante fleur,
Croyant jouir alors de la plus raviffante ;
  Car la bouche de Lycoris
N'avoit pas moins d'éclat que la rofe naiffante.
De fa méprife heureufe il goûtoit tout le prix ;
Mais de ce divin fuc cruellement avide,
Au moment qu'il fe fert d'un aiguillon perfide,
La belle, tout à coup, au fentiment du mal,
S'éveille, y met la main, & voit fuir l'animal,
Qui jouiffant encor de fon aimable proye,
Par un bourdonnement malin & plein de joye,
S'aplaudit & fe perd parmi les arbriffeaux.
Comme le Moucheron l'amour caufe des maux.

FABLE

FABLE XXII.

Les Abeilles & la Perspective.

LE Printems commençoit sa brillante carriere,
Et toute la nature éprouvoit ses bienfaits :
Le Soleil répandoit sa plus pure lumiére ;
Il ranimoit les fleurs ; il doroit nos guerets :
De leurs maisons, artistement bâtie,
Pour faire un innocent butin,
Les Abeilles étoient sorties ;
Leurs essains bourdonnants voltigeoient sur le
thim.
Une charmante Perspective
Arrêta quelque tems notre troupe attentive :
Le Peintre, agréable imposteur,
Avoit, entr'autres choses,
Semé dans un tableau des jasmins & des roses,
Avec un art si naturel,
Que jamais mieux n'auroit fait Raphaël.
Où courez - vous, jeunes Abeilles ?
Tournez vos pas ailleurs,
Ne vous fiez point à ces fleurs.
Pour mes leçons vous n'avez point d'oreilles.
Un innombrable essain vole en foule au tableau.
Sur ces fleurs point de suc. Abeilles, quelle honte ?
Si pour avoir été les dupes d'un pinceau,

C

Le couroux vous saisit, le dépit vous surmonte;

Si rien ne peut vous consoler,

Ah! que ne pouvez-vous parler!

Plus imprudens que vous, nous aimons le mensonge,

Et nous fuyons la vérité:

Nous nous laissons charmer par un aimable songe,

Dont pourtant notre esprit connoît la vanité:

Nous prenons comme vous l'ombre pour la figure;

Et malgré la raison, malgré nos longs discours,

Vils esclaves des sens, nous donnons tous les jours,

Dans une pareille imposture.

FABLE XXIII.

Le Singe Joueur de gobelets.

AU tems d'Esope, un Singe eut la manie

D'immortaliser son nom;

Que faire pour cela? Le drole aimoit la vie,

Et comme il n'étoit pas Gascon,

Très-volontiers il s'avouoit poltron.

Or, que fait-il? Par affiche il convie

Quadrupèdes, oiseaux, bref toutes les forêts

A le voir faire l'équilibre,

Serpenter le fauteuil, jouer des gobelets.

La salle étoit commode & libre.

Dans les loges devoient briller

L'aimable & tendre Philomele;

La charmante Serine, & Peruche la belle.

Sur le théatre on verroit s'étaler,

Et jouer de la prunelle,

Sire Lion, Milord Rinoceros

Le Seigneur Elephant, & tel autre gros dos.

Aux Renards, troupe connoisseuse,

Le parterre fut assigné.

Une heure avant le rendés - vous donné,

Chez la Grüe & sa sœur, engeance curieuse,

Notre Singe fut attiré :

Deux Etourneaux étoient près d'elles,

Ainsi qu'un noir Hibou commensal des Donzelles.

De montrer de ses tours, comme on l'eût conjuré,

Il se mit en devoir d'en faire;

Mais dès qu'il eut tiré sa gibeciére,

Chacun la critiqua de la belle maniére.

La Grüe en blâma la couleur,

Sa sœur s'en prit à la grandeur ;

Le noir Hibou, jaloux de sa nature,

En Hebreu, Grec, Latin, en fronda la structure.

Les Etourneaux, soi-difans beaux efprits,

Sur l'affiche se déchaînerent,

Et la trouverent

Conçüe en termes trop hardis.

Bref sans rien voir de plus, ce digne Aréopage

Conclut que tout son fait n'étoit que badinage.

De cet accueil Meſſer Bertrand surpris,

Leur dit, ferrant sa gibeciére :

C ij

C'eſt aux Renards qu'il m'importe de plaire,
Voilà l'heure, à peu près qu'ils doivent s'aſſembler;
Je n'oſerois compter ſur leur ſuffrage,
Mais ils n'iront pas me ſiffler
Avant que d'avoir vû de mes tours l'étalage.
Avec un ris moqueur leur ayant dit cela,
Il fait la gambade & s'en va,
Sur le titre ſouvent on juge d'unOuvrage.

FABLE XXIV.

Le Jeune-Homme & le Fleuve.

LEs plaiſirs, les honneurs, la gloire & la ri-
        cheſſe,
    Sont au-delà d'un Fleuve dangereux;
    Il n'a qu'un pont, & c'eſt pour les heureux,
Qui nés dans l'opulence y paſſent ſans adreſſe,
        Car tous les biens ſont faits pour eux.
Uu Jeune-Homme arriva ſur les rives du Fleuve;
Il ſe préſente au pont & tente de paſſer,
        Mais il n'avoit aucune preuve
        Qu'il eût droit de le traverſer;
Les Gardes rudement ſçurent le repouſſer.
        Il va s'aſſeoir ſur le rivage,
Et là, triſte & penſif, il pleure ſon deſtin :
Pourquoi, s'écria-t-il, n'ai-je pas l'avantage
        De partager un ſi riche butin ?

Vivrai-je ici dans la misere,
Tandis que d'autres jouiront
Des biens que j'apperçois au-delà de ce pont ?
Pour tromper les Argus , hélas ! que puis-je faire ?
Le sommeil, en fermant ses yeux ,
Fait tréve à sa douleur extrême :
Bientôt un songe gracieux,
Des Dieux l'interprete suprême,
Lui dicte ce qu'il doit tenter.
Il se réveille plein de joye ;
Au plus digne projet il voit son ame en proye,
Et sans un moment hésiter ,
Dans le Fleuve il entre à la nage.
Les écueils , les vents & l'orage,
De concert semblent s'opposer
A son intrépide paslage :
Vingt fois il touche le rivage ;
Vingt fois à ses desirs il sçait se refuser.
Enfin redoublant son courage ,
Malgré les jaloux & le sort,
De chacun recevant l'hommage ,
Il se voit heureux dans le port.
Lecteur , cette leçon s'adresse
A la courageuse Jeunesse :
Avec de l'esprit , des talens,
De la vertu , de la sagesse ,
Quoiqu'elle naisse sans richesse ,
Elle peut parvenir aux honneurs les plus grands.
C iij

FABLE XXV.

Les deux Pigeons & le Moineau.

LE long d'un mur étoient juchés
Deux Pigeons contens & fideles ;
Les yeux l'un sur l'autre attachés,
Et n'éployant qu'un peu les aîles.
Un Moineau, plein d'activité,
Ou plutôt plein de pétulance,
Traitoit cette tranquillité
D'inquiétude, d'indolence,
De dégoût, de caducité.
Parle mieux de notre tendresse,
Dit la Colombe avec douceur,
L'amour est moins pour nous une caresse
Qu'un long épanchement de cœur.

FABLE XXVI.

Le Cygne & la Pintade.

LE Cygne à la Pintade un jour disoit : la belle,
Votre teint sent un peu la peinture & le fard,
Vous le nirez en vain, votre nom le décele.
Ma beauté, répond l'autre, est toute naturelle ;
Il est vrai qu'elle semble être un effet de l'Art ;
Mais jamais fard ne défigure,
Quand il est mis par la nature.

FABLE XXVII.

Le Chien & le Chat.

DAns certaine maison vivoient tranquillement
    Médor, petit Chien de Turquie ;
Et Titi, jeune Chat, flateur vif & charmant :
    Jamais aucune compagnie
    Ne leur plaisoit tant que la leur ;
    En cet état, ils goûtoient un bonheur,
    Dans tous les points, digne d'envie.
La jeunesse souvent lie, attache son cœur
    Sans l'aide de la sympathie ;
Mais elle est la saison où regne la folie ;
    Saison abondante en douceur,
    Et la plus belle de la vie.
Médor, Titi, semblant l'un de l'autre amoureux,
    Sans cesse folâtroient tous deux.
    Bientôt, plus avancés en âge,
On les vit doucement quitter le badinage :
    A chaque instant ils se grondoient,
    Et quelquefois ils se mordoient ;
    Enfin, c'étoit de tels vacarmes,
Que l'on ne pouvoit plus s'ouïr dans le logis.
On les chassa tous deux pour éviter les bruits.
    La jeunesse vit sans allarmes,
    Pour elle tout a mille charmes ;
Mais l'âge mûr vient - il ? adieu plaisirs & ris.

FABLE XXVIII.
Le Buveur & la Bouteille.

Un buveur, ennemi de l'eau,
Mais amateur zelé de la liqueur vermeille,
Qui nous flate, égaye & réveille,
Après avoir vuidé plus d'un tonneau,
Ne se vit plus qu'une seule bouteille;
Ensemble dépourvu d'argent & de crédit,
Jugez quel étoit son dépit.
Grands Dieux, s'écria-t'il, qui voyez la misere
Qui s'aprête à fondre sur moi,
De grace, modérez votre couroux severe,
Calmez mon trouble & mon effroi.
Sa priere fut inutile.
C'est à nous de nous faire un bonheur doux, tran-
quile;
Les Dieux ont dans nos mains mis nos biens &
nos maux;
Nous pouyons tous par notre œconomie,
Par nos précautions, nos soins & nos travaux,
De plaisir combler notre vie,
Dans le sein d'un heureux repos:
Nous pouyons, loin de nous, exiler l'indigence,
Et sans être opulens vivre dans l'abondance.
Notre buveur souffroit un tourment rigoureux,
En n'osant pas toucher à sa bouteille;

Au prix de lui Tantale étoit heureux :
Il la flairoit, succoit, de même qu'une Abeille
Succe dans un jardin une naissante fleur.
Cependant l'âpre soif vient saisir le buveur;
Il avale sans tenir compte,
Un demi verre, un verre plein,
Si bien que la bouteille est vuidée à la fin :
Ensuite il but de l'eau sans colere, & sans honte,
Et dit qu'il fut un fou de tant aimer le vin.
L'homme est ainsi bâti : ce n'est que l'habitude
Qui le rend sage ou libertin ;
Une chose aujourd'hui qui lui semblera rude,
Lui sera facile demain.

FABLE XXIX.

Les Hiboux & le Rossignol.

DEux hiboux ennemis de la clarté du jour,
Des plus sombres forêts faisoient tout leur amour :
Là, par d'horribles cris, durant les nuits entieres;
Ils effrayoient les renards & les loups,
Jusques au fond de leurs tanieres ;
Cependant ils croyoient chanter d'un ton fort
doux,
Mais, hélas ! nous nous flatons tous;

Quelqu'un leur vanta le ramage
D'un roſſignol du voiſinage :
Son chant eſt, leur dit-on, des plus mélodieux ;
Il a ſouvent charmé les oreilles des Dieux.
Qui, dit l'un des hiboux, d'un ton philoſophique,
A cet oiſeau chétif a montré la muſique ?
La nature, lui répond-t'on ;
C'eſt d'elle qu'il tient ce beau don.
Jamais ils ne voulurent croire
Qu'un oiſeau ſi petit eût un gozier ſi beau.
Pendant un débat ſi nouveau,
Le roſſignol, ſemblant voler après la gloire ;
Vient ſe percher au faîte d'un ormeau,
Entonne un air garant de ſa victoire.
Les hiboux à la fois, enchantés & confus ;
Allerent ſe cacher & ne parurent plus.
Chacun ſe croit ſçavant & ſage ;
Et croit de plus n'avoir pas ſon égal :
Croire tout bien de ſoi de tout tems fut d'uſage ;
Mais d'autrui l'on ne croit aiſément que le mal.

FABLE XXX.

Les Hirondelles.

ON voit avec les fleurs nouvelles
Reparoître les hirondelles;
Elles voltigent dans nos champs
Avec zéphire & le printems.
Dans la saison où l'on moissonne,
Et dans celle où Bacchus nous donne
Son nectar si cher & si doux,
Elles demeurent parmi nous.
Mais aussitôt que la froidure
Vient faire expirer la nature,
Et qu'aux plus riantes saisons
Succede celle des glaçons,
On les voit, ces oiseaux volages,
Regagner les heureux rivages,
Où le soleil poussant son cours,
Fait alors régner les beaux jours.
Ainsi quand l'homme & la finance
Sont en parfaite intelligence
A ses vœux chacun est soumis;
Mais, si par malheur la fortune
Change, [chose, hélas! trop commune,]
Tout le fuit, il n'a plus d'amis.

F I N.

Lû & approuvé, ce 15. Juin 1748. CRE'BILLON.

Vû l'approbation , permis d'imprimer à la charge d'en-
registrement à la Chambre Syndicale , ce 19 Juin 1748.

BERRYER.

Regiſtré ſur le Livre de la Communauté des Libraires &
Imprimeurs de Paris, Nᵒ. 3248. conformément aux Régle-
mens , & notament à l'Arrêt du Conſeil du 10 Juillet 1745.
A Paris, le 25. Juin 1748.

Signé , G. CAVELIER, Syndic.

De l'Imprimerie de JORRY, 1748.